Ralf Neubohn

Zauberhafte Ferien mit Alpaka und Lama

Ralf Neubohn

Zauberhafte Ferien mit Alpaka und Lama

Bibliografische Information der Deutschen Nationalbibliothek
Die Deutsche Nationalbibliothek verzeichnet diese Publikation
in der Deutschen Nationalbibliografie;
detaillierte bibliografische Daten sind im Internet
über www.dnb.de abrufbar.

Herstellung und Verlag: BoD – Books on Demand, Norderstedt

ISBN: 978-3-7543-4270-1

Dieses Buch ist Alpakalinle, Larrylinchen und allen anderen Bewohnern des sympathischen Hofgutes gewidmet.

Bleibt so, wie Ihr seid!

Danke, für die schöne, unvergessliche Zeit!

Inhalt

Vorwort

Was kann bezaubernder sein, als Urlaub auf einem Hofgut? Mit den gutmütigen Tieren spazieren gehen, sie pflegen und vieles mehr.

Entspannende Ferien liegen dann vor den Besuchern, voller Glücksmomente.

Dies ist ein Grund, warum selbst viele Hofbewohner im Urlaub daheimbleiben. Denn wo könnten sie schon schönere Ferien erleben? Aber wenn dann doch verreist wird, wohin geht es dann? In diesem Buch wird berichtet, was zwei besonders liebe Tiere des Hofes daheim und auf Reisen erleben. Schönes und Abenteuerliches liegt dabei nah beisammen!

Vielleicht bringt dieses Buch den Leser auf den Geschmack, sich auch einmal auf einem Hofgut zu erholen. Mit etwas Glück sehen wir uns dort sogar einmal? Auf jeden Fall wünsche ich Ihnen nun viel Spaß beim Lesen und an der Vorfreude auf den Urlaub.

Bis bald?

Ihr Ralf Neubohn

Einleitung

In dem Buch: „Weihnachten mit Alpaka, Lama und der schussligen Hexe" lernten wir ja den besonders schönen Hof kennen, sowie dessen äußerst sympathische Bewohner. Seit dem sehr ereignisreichen Weihnachtsfest war dort mit dem neuen Jahr wieder der Alltag eingekehrt und die Zeit der Ferien lag inzwischen schon nah vor den Bewohnern. Wie würden diese sich entscheiden? Verreisen? Dableiben? Eine spannende Frage!

Ferienzeit

Die Tiere des Hofes liebten die Schulferien der Menschen sehr. Denn dann kamen besonders viele Kinder zu Besuch, die mit ihnen spazierten, spielten und sie in jeder Hinsicht pflegten. Kleckselinchen hingegen kam das ganze Jahr zu Besuch, da das junge Mädchen in der Nähe wohnte, ebenso wie der sehr alte Sir Ralphus. Zusammen mit den sehr netten Besitzern des Hofes, bildete die kleine Menschengruppe eine Art Mehrgenerationenhof. Der Vergleich hinkte ein wenig, da diese Menschen ja nicht alle fest auf dem Hof lebten, aber sie arbeiteten dort alle mit viel Freude zum Wohl der Tiere.

Von den vielen sehr gepflegten Tieren stachen das Lama Larrylinchen und das Alpaka Alpakalinle heraus, die eine sehr Abenteuer liebende Ader besaßen. Unternehmungslust wäre ein zu milder Ausdruck dafür.

Bei allen diesen zum Hof Gehörigen, summte und brummte es zu allen Ferien besonders. Ob Fasching, Ostern, Pfingsten, Sommer, Herbst oder Weihnachtsferien stets hieß es: Hier bleiben? Verreisen? Beides bot große Vorteile. Auf Reisen erweiterte sich der Horizont, aber auf dem Hof bleiben bedeutete dort einen Saisonhöhepunkt erleben, durch die vielen Touristen. Was also tun? Reisen? Dableiben?

Ruhm verpflichtet

Unseren zwei liebsten Tieren fiel es besonders schwer, diese Fragen zu beantworten. Da es die Erlebnisse von Larrylinchen in einer Lama-Alpaka Buchreihe zu lesen gab und Alpakalinles Abenteuer in einer speziellen Alpakabuchreihe, wollten beide natürlich nichts versäumen. Denn jedes neuer Ereignis floss in eine der beiden Buchreihen ein. Dies liebten beide sehr, um in Kontakt mit ihren Lesern zu bleiben. Dieser Kontakt war beiden sehr, sehr wichtig.

Doch wo würden sie wohl mehr neue Abenteuer für nächste Buch erleben? Auf dem Hof, durch die vielen Urlaubsbesucher? Oder doch beim selber verreisen?

Tagelang beratschlagten die beiden. Zumal sie, auch ohne neue Abenteuer zu erleben, auf beides gleichviel Lust hatten. Auf Reisen und dableiben.

Ähnlich ging es den Menschen auf dem Hof. Einerseits hing ihr Herz an den Tieren. Andererseits würden sie gerne mal neue Gegenden sehen. Was also tun? Eine sehr schwere Entscheidung.

Der Hofshop

Sir Ralphus aus altem englischen Adel arbeitete oft im Hofshop mit, in dem die Alpaka- und Lamabücher Ralf Neubohns am Besten liefen. Keiner der vielen Hofbesucher ahnte, dass Sir Ralphus an diesen Büchern kräftig mitschrieb. Erst Recht kam niemand auf die Idee, dass die beiden Helden dieser Bücher auf dem Hof lebten! Ganz ohne den eigentlich verdienten Starruhm fügten sich beide Tiere in den gemütlichen Alltag ein. Wer weiß? Vielleicht besuchen auch die Leser dieses Buches gerade zufällig den betreffenden Hof? Um den Bewohnern dort den großen Starrummel zu ersparen, nenne ich den Namen des betreffenden Hofes nicht direkt. Im Laufe der allmählich erscheinenden Bände wird sich ohnehin immer mehr ein deutlicheres Bild von dem Gehöft und seiner Umgebung ergeben, aus dem sich dann ganz von selbst das richtige Anwesen herausschält. Ob Sie den betreffenden Hof dann erraten werden? Bestimmt!

An Tagen, an denen der äußerst belesene Sir Ralphus die Kunden im Hofshop nicht beriet, ging Kleckselinchen mit jugendlichem Elan die Sache an.

So oder so, kamen die Hofbesucher immer auf ihre Kosten.

Fütterung

Besonders elanvoll erwies sich Kleckselinchen bei der Fütterung der Hoftiere. Nicht nur erst bei der Fütterung selber, sondern bereits bei der äußerst kreativen Futterzusammenstellung.

Viele Hofbesucher halfen sehr gerne beim Füttern der zahlreichen Tiere, sowie bei deren aufmerksamer Pflege. Dieses machte den Gästen viel Spaß, weil sich die Tiere dafür sehr dankbar zeigten. Nichts ist schöner als Urlaub auf einem Tierhof!

Gerade darum schwankten Alpakalinle und Larrylinchen, ob sie ihrer Reiselust nachgeben sollten. Doch andererseits lockten neue Eindrücke! Das Meer, die Berge, die Seen, alle riefen unwiderstehlich: „Komm, komm, komm, zu mir!" Um diesen Lockungen zu widerstehen, brauchte es sehr viel Willenskraft. Konnte aber überhaupt jemand so viel Willen haben? Denn die Sirenen lockten damals Odyseus und seine Mannschaft auch nicht viel weniger!

Die beiden Poole

Sir Ralphus versuchte die beiden Tiere zur Reise zu verlocken, um später ihre Abenteuer in neuen Büchern aufschreiben zu können. Denn ihn freute das rege Interesse der Leser an den liebenswerten Tieren. Deren innere Verbundenheit mit den beiden Helden dieses Buches.

Darum tat es ihm immer sehr weh, wenn er ihre Fans, die nach neuen Büchern fragten, enttäuschen musste.

Kleckselinchen hing so mit ganzem Herzen an dem Hof, dass Reisen für sie selbst gar nicht in Frage kam. Nach ihrer Meinung sollte am besten niemand von ihnen auf Reisen gehen, so dass auf dem schönen Hof immer alles so blieb, wie es jetzt gerade war. Keine unerwarteten Aufregungen durch Urlaubsvertretungen oder Ähnliches.

Zwischen diesen beiden Poolen standen nun unsere allerliebsten Tiere. Jeden Tag schwankten sie: Reisen oder nicht? Die Entscheidung fiel ihnen bei allen Ferien schwer. Vielleicht passierte ja gerade dort etwas, wo sie nicht waren?

Die Gäste

Die Hofbesucher genossen die gemütliche Atmosphäre sehr. Diese und der Kontakt zu den Tieren wirkte äußerst entspannend auf sie. Diese Rückkehr zu Natur tat den Menschen sehr, sehr gut. Da es auf dem Hof viele Tiere gab, kam kein Gast zu kurz.

Äußerst beliebt waren die Wanderungen mit den Tieren. Durch deren ruhiges Wesen fand für die Menschen eine Art Entschleunigung des Alltags statt. Ein sehr wichtiges Erlebnis.

Ruhigere Naturen wie Berta Babbelbergle bevorzugten lieber das Hofcafé, dessen selbstgemachter Kuchen alles ihnen Bekannte übertraf. Ludwig P. Lesi-Les hingegen kaufte sich immer die neuesten Bücher Neubohns im Hofshop und las diese gemütlich auf der Hofwiese. So kam jeder Besucher auf seine eigene Art zum passenden Vergnügen. Die Urlaube auf dem Hof sprachen einfach jeden an!

Die Entscheidung

Alpakalinle und Larrylinchen ließen sich dennoch von Sir Ralphus jeden Tag Urlaubsprospekte vorlesen, um eine Inspiration zu bekommen. Eine Schlösserrundreise? Urlaub am Meer? Wandern in den Bergen? Den Bodensee besuchen? Bummeln in alten Städten?

Das Reisefieber packte sie allmählich, der Urlaub fest geplant. Denn: Wer eine Reise tut, hat viel zu erzählen. Und genau das wollten beide: Ihren Lesern Neues berichten! Um die Neugier auf den Inhalt des nächsten Buches nicht zu gefährden, verrieten sie niemanden das Ziel der Reise. Nicht einmal dem Autor dieses Buches. Lange fragte ich mich: „Wohin geht es wohl? Auf eine der Inseln? Oder in eine Stadt wie etwa Heidelberg? Bergbesteigen in den Alpen? Wandern im Allgäu oder Schwarzwald?" Ich konnte es vor Neugier kaum aushalten, was hatten die beiden sich wohl ausgedacht?

Es geht los!

Sozusagen auf gepackten Koffern saßen unsere liebsten Tiere, bevor es mit dem Zug an das geheimnisvolle Ziel losging! Im Gegensatz zu Larrylinchen hatte Alpakalinle schon viel von der Welt gesehen und darüber ausführlich in seinen zahlreichen Büchern berichtet. Beispielsweise erzählte es von der Reise mit dem Nikolaus zu den Naturschönheiten Brandenburgs. Vom Besuch historischer Stätten im Mittelmeerraum, bei welcher der mythische Vogel Phönix eine wesentliche Rolle spielte. Nicht zu vergessen der Wanderurlaub durch deutsche Wälder zusammen mit einem ängstlichen Drachen! Bei allen diesen abenteuerlichen Reisen geschah viel Unvorhergesehenes, zum Teil äußerst Gefährliches! Lebensgefährliches sogar! Armes Larrylinchen, das mit solch einem Reisegenossen in den Urlaub startete. Würde Larrylinchen das noch bedauern? Vielleicht sogar in große Gefahr geraten? Denn Alpakalinles Reisen steckten stets voller Abenteuer! Hielten das Larrylinchens Nerven überhaupt aus? Brauchte es nachher zur Erholung Urlaub auf dem Tierhof? Warum dann nicht lieber gleich dortbleiben? Aber die unheilvolle Reise begann! Oh, weh!

Die Zugfahrt

Die Zugfahrgäste staunten sehr, als zwei Tiere zustiegen. Vor Verblüffung blieb ihnen sogar der Mund offen stehen, als die Tiere ganz ohne Hilfe zurechtkamen. Der Schaffner blickte sie fassungslos an, sprach zu sich selbst: „Ich habe wohl einen Sonnenstich!", und ging vor sich hinmurmelnd weiter, ohne die Fahrkarten zu kontrollieren! Larrylinchen entrüstete sich: „Unglaublich! Was für eine lasche Arbeitsauffassung, wir hätten schließlich Schwarzfahrer sein können! Skandalös!" Alpakalinle äußerte sich nicht, da es gerade den Zugfahrplan studierte. Es wollte nicht wie seinerzeit auf dem Weg nach Wittenberg falsch aussteigen!

Ob es wie damals einen Gleitschirmflug machen sollte? Eigentlich war dieser Flug ja ganz nett, bevor es durch sich drehenden Wind zu großen Problemen kam.

Das Meer

Am Meer angekommen, plantschten beide in Ufernähe im Wasser. Ein Kind rief aufgeregt: „Schaut mal, zwei Seepferde!"

Äußerst erstaunt blickten alle Menschen herüber: „Woher kommen die Tiere wohl?", fragten sie sich. „Vielleicht aus einem Streichelzoo? Aber wo gibt es hier einen?" Immer wieder zwickten Krebse die beiden, beim Schwimmen kam Seetang in ihren Mund. Larrylinchen schimpfte: „So ein Mist! Dieses Zeug fällt einem dermaßen lästig, dass es echt verdient, zur Strafe von den Menschen gegessen zu werden!"

Beim Sprechen verschluckte das Lama aus Versehen einen Fisch, was den Kommentar herausforderte: „Jetzt verstehe ich die Fischesser vollkommen! Vertilgt viele Fische. Richtig so!"

Eine Möwe rief verärgert: „He, was fällt dir ein? Du hast meinen Fisch gegessen, Du Schlemmermäulchen!" Die Möwe meckerte weiter und schenkte den Worten des Lamas keinen Glauben. Zum Schluss meinte Larrylinchen: „Streit mit einer Meckermöwe. Was einem im Urlaub alles passiert!"

Am Strand

Das Alpaka lachte schallend, wurde von einer Welle erfasst und an einen Bootsanlegersteg geschwemmt. Dort stieß es sich kräftig die Stirn an, Strafe muss wohl sein.

Das Lama revanchierte sich nun, kicherte belustigt vor sich hin.

Wie Venus stiegen nun beide aus dem Bade, Alpakalinle mit einer großen Beule. Ein Mädchen rief begeistert: „Oh! Ein Einhorn! Einhörner gibt es also wirklich! Schön!"

Beide Tiere liefen nun am Strand entlang, bewunderten die Sandburgen der Kinder. Als wahrhaft königliche Tiere liebten sie natürlich Burgen. Ihr aufmerksames Interesse gewann die Herzen aller Strandbesucher im Sturm.

Um sich Bewegung zu verschaffen, rannten beide gleichzeitig los. Rasten am Strand entlang, flogen förmlich darüber hin. So entstand wohl die Sage der fliegenden Pferde. Wer hätte das gedacht?

Die Berge

Nach dem gelungenen Badeurlaub reisten unsere Helden in die Berge. Beim Besteigen des ersten Berges maulte Larrylinchen: „Ich bin doch keine Bergziege!" Doch Alpakalinle bestand auf weiteres klettern. In der Satteltasche des Alpakas ruhte nämlich eine Alpakafahne, die als Zeichen der Bergbesteigung viel später gehisst wurde. Das Lama meinte: „Pah, alter Angeber! Wer hisst heutzutage noch Flaggen auf Bergen? Kindisch!" Doch als das Alpaka wegsah, tauschte Larrylinchen die Alpakaflagge gegen eine Lamaflagge aus! Das war natürlich etwas ganz anderes und deshalb nicht im Geringsten kindisch. Ist doch klar, oder? Doch der Bergabstieg stand ihnen noch bevor, höchste Dramatik pur!

Der Abstieg

Geröll gab unter ihren Hufen nach, der tiefe Abgrund lauerte auf unsere Bergsteiger. Stürzten die beiden in seinen gierigen Rachen? Doch es kam noch schlimmer! Starker Schneefall setzte ein! Niemand konnte mehr seine Hufe vor den Augen sehen! Was tun? Auf das Ende des Schneesturmes warten? Aber wenn der sie unter sich begrub? Davon abgesehen: Wenn er zu lange dauerte, brach die Nacht herein und die beiden saßen dort dann ohne Futter fest! Ach, wären sie nur am Meer geblieben! Doch die Reue kam zu spät! Lebendig vom Schnee begraben werden, welch ein schreckliches Ende lag doch vor ihnen!

Aus Angst vor diesem furchtbaren Schicksal fiel die Entscheidung für den weiteren Abstieg, trotz der schlechten Sicht. Vorsichtig, um nicht abzustürzen, ging es langsam abwärts. Allmählich hörte der Schneesturm auf und völlig vollgeschneit trafen sie eine Bergsteigergruppe. Entsetzt erblickte diese unsere Helden und floh panisch schreiend: „Der Yeti und ein Schneeleopard! Hilfe!"

Das Ende der Bergtour

Jeder mit vier zitternden Beinen erreichten sie endlich das Ende des Berges. Allerdings auf der völlig falschen Bergseite! Wer reist, hat viel zu erleiden! Ach, wie schön war es doch auf ihrem heimatlichen Tierhof!

Ein dunkler, furchteinflößender See versperrte ihnen den Weg. Ob hier wohl Seeungeheuer wie das Ungeheuer von Loch Ness hausten? Vielleicht doch lieber einen Umweg machen? Wer wusste schon, welches Grauen hier hauste?

Doch für einen großen Umweg fehlten die Kräfte. So liefen die beiden am schon relativ tiefen Rand des Sees entlang durchs Wasser. Stets von der Angst beherrscht, von einem Monstrum aus dem See angefallen zu werden. Gab es hier vielleicht sogar Haie oder Piranhas? Vielleicht hätten sie doch vorher einen Reiseführer lesen sollen? Langsam versank die Sonne, dadurch wirkte der See noch unheimlicher. Zwei Angler sahen die beiden Schemen auf sich zukommen. „Hilfe! Zwei Seeungeheuer wollen uns zur Strafe fürs Fischen fressen!" Panisch flohen die Angler und die Fische im See klatschten mit ihren Flossen Beifall.

Keine Berge mehr

„Nie wieder Berge! Ich hasse Berge!", murrte Larrylinchen.

Alpakalinle merkte ungerührt an: „Da wir gerade hier in der Gegend sind, sollten wir mal einen Gletscher besichtigen."

Misstrauisch erkundigte sich das Lama: „Ein Gletscher? Ist das etwa auch so ein oller Berg?"

„Keine Ahnung", erwiderte das Alpaka ehrlich. „Aber unsere Hofbesucher haben so viel von ihren Urlauben dort gesprochen, dass ich neugierig geworden bin."

„Bilde Dir aber bloß nicht ein, dass ich jemals wieder auf einen Berg gehe!"

„Du brauchst auf keinen Berg gehen. Wie ich hörte, gibt es bei Gletschern Seilbahnen, was immer auch das sein mag."

Entsetzt erwiderte Larrylinchen: „Wir reisen zu einem Gletscher, von dem Du nicht weißt, was das ist und fahren dort mit einer Seilbahn, von der Du noch weniger etwas weißt? Was ist denn das für eine Urlaubsplanung? Wenn Du so weiter machst, muss ich nach unserer Deutschlandrundreise zur Erholung in Kur!"

Beruhigend sprach das Alpaka: „Macht doch nichts, Kurhäuser soll es dort auch geben, Du bist dann also an Ort und Stelle!"

Wenig erfreut fasste das Lama zusammen: „Wir reisen also an einen mysteriösen Ort, nach dessen Besuch wir kurreif sind? Ein starkes Stück!"

Der Gletscher

Der Gletscher war leider doch ein Berg. Und was für ein hoher! Nur mit großer Mühe gelang es Alpakalinle das Lama in die Seilbahn zu stopfen. Die Bemerkung des Alpakas: „Lamas sind Bergtiere!“, überzeugte Larrylinchen auch nicht besonders.

Oben auf dem Gletscher begann das Lama doch Spaß zu haben. Welch ein herrlicher Ausblick! Beim Spazieren sahen sie Menschen, die auf eine Art breiter Äste ins Tal sausten. Larrylinchen faszinierte dieser Anblick. „Wie elegant die Menschen da runter kurven!“

Alpakalinle schüttelte den Kopf: „Ja, aber auch mit was für einem rasanten Tempo. Vermutlich brechen die Leute sich alle Knochen!“ Neugierig trat es näher an den Abhang, um besser sehen zu können. Die Eisplatte auf der beide standen brach ab, mit einem Wahnsinnstempo rasten beide darauf ins Tal.

Aufgeregte Menschen zeigten auf die beiden Tiere: „Schaut mal! Die beiden surfen förmlich ins Tal!“

„Aha, das ist also surfen“, überlegte Alpakalinle. „Ich dachte immer, sowas sei nur in der Südsee üblich!“

Larrylinchen hingegen zitterte: „Oh, heilige Mohrrübe! Lass uns lebend ankommen, ohne Knochenbrüche!“

Zugpferde

Ihre sensationelle Talfahrt wurde das Hauptgesprächsthema in der Umgebung. Stießen sie beim Wandern auf dem Gletscher auf Berghütten, luden sie begeisterte Menschen zu Fondue und Ähnlichem ein. Beide bevorzugten das Brot allerdings pur, die Käsefäden im Fell standen ihnen doch zu schlecht.

Auf den Aussichtsterrassen der Kurhotels gab es sogar gratis Salatplatten für unsere liebsten Freunde. Jedes Kurhotel wollte die beiden als Zugpferde haben.

„Zugpferd?", überlegte Larrylinchen. „Ich bin doch kein Pferd, sondern ein Lama!"

Eines Tages entdeckten sie einen zugefrorenen See, auf dem Menschen Schlittschuh liefen. „Sieht einfach aus", meinte Alpakalinle optimistisch und zog das widerstrebende Lama mit. Zuerst schlitterten beide in die Mitte des Sees. Dort rutschten sie aus, beim Versuch aufzustehen tanzten beide ungewollt Pirouetten.

Die begeisterten Menschen riefen: „Welch unglaublich gute Eistänzer! Bravo!"

Das unverdiente Lob steckten sich unsere Helden gerne an den Hut, auch wenn sie gar keinen trugen.

Auch das noch!

Wesentlich gefährlicher wurde es am nächsten Tag. Sogar lebensgefährlich! Schuld war wieder einmal das neugierige Alpaka. Es hörte Menschen laut rufen, sogar klatschen. „Was ist da los?", überlegte es. Natürlich änderte sich die Spaziergangsrichtung sofort. Im Zentrum des Trubels angekommen, erblickten die beiden Tiere eine Art Eiskanal, zu dessen beiden Seiten aufgeregte Menschen standen. Durch den Kanal flitzten andere Menschen auf Schlitten. „Toll!", rief das Alpaka. Versuchte zu klatschen, verlor dabei das Gleichgewicht und riss dabei versehentlich das arme Lama mit. Zusammen rasten unsere Helden auf der Bobbahn in vollem Tempo ins Tal. Dort hängten wahre Menschenmassen ihnen die Siegerkränze um die Hälse. Gerne ließen beide sich feiern und füttern, aber nach all dem Trubel sprach das Lama: „Bald bin ich nur noch ein lahmes Lama! Schone mich bitte endlich etwas! Sonst werde ich ein altes Wrack wie Sir Ralphus vom Hof." Darauf gab es keine passende Antwort.

Die Aussichtsplattform

„Noch schlimmer kann es nicht mehr kommen", sprach das Lama später.

Alpakalinle gab das zu: „Das Schlimmste haben wir hinter uns. Jetzt kann es nur noch besser werden." Leider täuschte sich das Alpaka sehr. Denn das Allerschrecklichste stand ihnen noch bevor. „Schau mal, eine Aussichtsplattform!"

Beide Tiere stiegen hinauf und sahen tief hinab. Sehr, sehr tief. Extrem tief. Wie bei Skisprungschanzen üblich. Erwartungsvoll sahen viele Menschen zu ihnen hoch.

Erstaunt fragte Larrylinchen: „Was schauen die uns bloß so an?"

Hinter ihnen erklang das Räuspern der Skisprungstars. Erschrocken traten die beiden einen Schritt vor und düsten schon die Skisprungschanze hinunter. Die armen, armen Tiere! Begeisterter Jubel brandete bei den Zuschauern auf, als die zwei einen Schanzenrekord hinlegten, der alle Skisprungprofis erblassen ließ! Sie flüsterten fassungslos: „Unglaublich, diese mutigen Tiere! Was für Naturtalente!" Was kam wohl als Nächstes auf die beiden zu?

Die Künstler

„Mit leerem Bauch fliegt es sich schlecht", maulte Larrylinchen noch zitternd. Wieder oben auf dem Gletscher gab es aber wenige Dinge zum Abnagen. Da tauchte vor ihnen ein asiatisches Lokal auf. Mitten auf dem Gletschergipfel! „Asiatische Lokale gibt es wirklich überall!", stellte Larrylinchen fest. Zufrieden schlemmten beide gemeinsam eine vegetarische Gemüseplatte, bevor die Besichtigung einer Holzwerkstatt folgte. Die örtlichen Künstler arbeiteten nicht nur mit den üblichen Holzarten, sondern auch mit Bast, Stroh, Bambus und anderen Materialien. Einige der Kunstwerke zeigten seltsame Spuren. „Was ist das bloß?", wunderte sich Larrrylinchen. „Gibt es auf Eisgletschern Mäuse? Die müssen doch hier oben erfrieren!" Einige Künstler diskutierten gerade äußerst erregt über dieses Phänomen. „Ich kann es nicht fassen! Was kann das bloß für ein merkwürdiges Tier sein? Wo kommt es nur her? Früher hatten wir hier noch nie solche Probleme". Seltsam.

Gefahr?

Dabei fiel den Tieren ein, dass auch im asiatischen Lokal dieselben Diskussionen stattfanden. Auch dort schlug der Unhold also zu.

Merkwürdig, denn auf Gletschern lebten nur sehr wenige Tierarten. Dies lag am Futtermangel, denn dieses lag im Regelfall unter einer dicken Eisschicht begraben. Vielleicht hausten hier neuerdings Bergtrolle oder Gipfelzwerge? Ob die wohl gefährlich waren? Lieber vorsichtig sein und denen aus dem Weg gehen, lautete die Parole. Doch leicht gesagt, wie aber eine Begegnung vermeiden? Worauf musste geachtet werden? Eine Art klägliches Maunzen erklang. Lockten so Trolle ahnungslose Lebewesen an, um diese dann zu verspeisen? Vorsichtig näherten sie sich dem äußerst rührenden Geräusch. Bald sollte also das große Geheimnis gelüftet werden! Vielleicht wäre doch eine Flucht besser gewesen? Doch dafür war es nun zu spät! Sie sahen...

Des Rätsels Lösung

Einen süßen, knuddeligen, kleinen Pandabären! Einfach goldig! Wo kam der nur her? Aus einem Zoo? War er ein Kurgast? Oder gehörte der besonders niedliche Panda zu einem Zirkus? Ehrlich gesagt war es unseren Helden völlig egal. Einstimmig beschlossen sie, das flauschige Tierchen mitzunehmen. Auf ihrem Hof würde es die liebevolle Pflege erhalten, die das liebe Bärchen verdiente! Eine Sensation wartete auf die völlig ahnungslosen Hofbewohner! Der Panda trat also die lange Reise in der warmen Satteltasche des Alpakas an. Nur sein Köpfchen schaute heraus. Wo es von vielen Menschen gestreichelt und gefüttert wurde.

Unsere beiden Freunde zogen durch den Panda noch mehr Menschen an, als ohnehin schon! Welch beispielloser Triumphzug durch die Gletscherwelt! Höchst verdient! Ehre, wem Ehre gebührt!

Der Panda

Das besonders flauschige Dingelchen mit dem piepsigen Stimmchen und den großen Kulleräuglein gewann stets die Herzen aller, die es zum ersten Mal sahen. Einfach süß, das Kerlchen!

An einer Stelle mit viel frischem Schnee bauten sie zusammen Schneelamas, Schneealpakas und Schneepandas. Die drei liebsten Tiere der Welt. Anschließend wollten sie einem Curlingwettkampf zuschauen, aber durch den Anblick der Tiere kamen die Spieler völlig aus dem Konzept. Vor allem der kleine Panda lenkte die Spieler ab.

Die schöne, romantische Schneelandschaft brachte unsere drei Helden auf die Idee, in der Nähe ein paar wunderhübsche Schlösser zu besichtigen.

Alpakalinle und der Panda freuten sich sehr darauf, einmal etwas ganz anders zu sehen. Larrylinchen murmelte nur: „Hoffentlich ist es dort nicht so glatt und kalt wie hier. Ich bin doch kein Eisbär!"

Das Schloss

Bereits beim ersten Schloss jammerte Larrylinchen wieder: „Schon wieder auf einen Berg hoch! Warum gibt es hier keine Seilbahn? Warum haben die Leute damals ihre Schlösser nicht im Tal gebaut? Was ist, wenn ich ausrutsche und ins Tal stürze?"

„Das Glück werden wir nicht haben", schoss es Alpakalinle durch den Kopf.

Im Schloss schauten alle drei sich bewundernd um. Welch eine Pracht! Wie viel Kunstarbeit steckte in den vielen Verzierungen. „Wunderbar", fasste es Larrylinchen in einem Wort zusammen. Um gleich darauf hinzuzufügen: „Was, schon wieder Treppen steigen? Warum gibt es hier keine Rolltreppen oder einen Aufzug?"

Doch bei jedem neuen Stockwerk lohnte sich wirklich das Treppensteigen. Kaum zu glauben, dass es sowas Schönes gab. Larrylinchen wisperte tief beeindruckt: „Jetzt verstehe ich, warum früher die Tradition der Kunstreisen begann. Sensationell!"

Der Panda fasste seine Meinung über Schlösser kurz zusammen: „Na, die haben es damals hier sicherlich ordentlich krachen lassen."

So konnte der Daseinszweck der Schlösser auch charakterisiert werden. Zumal einige Herrscher es bekanntlich dort wirklich ordentlich krachen ließen.

Die Tour geht weiter

Das zweite Schloss, das sie besichtigten, besaß besonders hübsche Teppiche in allen Zimmern, auf denen der Panda sich nach Herzenslust räkelte. Unsere beiden anderen Freunde nuckelten an den Wollfasern, wenn die Teppichbilder Pflanzen darstellten. Alpakalinle stellte fest: „Die Bilder haben die Menschen damals gut hinbekommen. Den Geschmack der Pflanzen aber gar nicht. Bäh!"

Zum Glück für unsere Helden und die Kunstwelt kamen die Tiere nicht auf die Idee, das Obst auf den Ölbildern anzuknabbern oder abzuschlecken. Es wäre sowohl für die Tiere, als auch für die armen Bilder schrecklich gewesen.

Der Panda entdeckte plötzlich die gelungenen Holzdeckenverzierungen. Mit einem Satz kletterte er die Wand hoch, bis zur Zimmerdecke. Dort bestaunte der Panda einerseits die Schnitzarbeiten, andererseits nagte er diese auch an. „Wer weiß, vielleicht schmeckt es ja nach Bambus", dachte er optimistisch.

In diesem Moment kamen andere Besucher in den Raum. Ein Skandal lag in der Luft, wenn die Menschen sahen, was da oben gerade vor sich ging. Da schaute auch schon eine Dame hoch. Würde gleich ein empörtes Schreien erfolgen? Zum Glück hielt sie den Panda ebenfalls für eine Verzierung und lief weiter. „Vielleicht sollte ich Schlösser ohne meine Freunde besuchen", schoss es dem Alpaka verständlicherweise durch den Kopf.

Wie wahr!

Das Wunder

Im nächsten Schloss schauderte es unseren drei Freunden. Finster blickten düstere Gestalten aus alten Ölbildern! Wollten diese die ungebetenen Besucher vergraulen?

Der Panda piepste kläglich: „Furchtbar! Davon werde ich armer heute Nacht böse Alpträume bekommen! Ihr müsste heute unbedingt meinen Schlaf bewachen!"

Auch die beiden größeren Tiere fühlten sich unwohl und aus allen Ecken finster beobachtet. Daher eilten sie alle so schnell durchs Schloss, dass Alpakalinle aus Versehen eine alte Rüstung umwarf, die unter viel poltern die Treppe herunterrollte. Das Alpaka wusste genau, dass dies schwere Konsequenzen brachte. Was tun? Aus dem hohen Schlossturm ungesehen flüchten lag nicht im Bereich des möglichen. Schon eilten von unten Menschen herbei, starrten auf die rollende Rüstung.

Geistesgegenwärtig rief Larrylinchen: „Ein Geist! Ein schrecklicher Geist rollt auf Euch zu!"

Sofort flohen alle Mensch in panischer Angst und unsere drei Tiere konnten ebenfalls entkommen.

Da fiel dem Panda nachträglich ein: „Ich wusste gar nicht, dass Du die Menschensprache kannst."

Das Lama gestand: „Das wusste ich auch nicht! In der Not vollbringt so mancher ein kleines Wunder, das sich später nie wiederholen lässt."

Keine Zugabe mehr!

Alpakalinle schlug seinen Freunden vor: „Wie wäre es, wenn wir das Schloss dort drüben besuchen würden? Es steht auf einem sehr steilen Berg, die Aussicht ist bestimmt phantastisch!"

Doch die Gefährten kringelten sich einfach zusammen und schliefen lieber eine Runde. Klarer konnte die Frage kaum beantwortet werden. Das Alpaka besuchte daher allein das Schloss, bekam vom steilen Berg Muskelkater und so langsam von Kunst und Geschichte die Nase voll. Hinkend zurückgekehrt schlug das Alpaka vor: „Wie wäre es, wenn wir uns auf die Heimreise machen? Schön ist es, die fremde Welt zu sehen, doch am schönsten ist es doch daheim!" Aufgeregt piepste der kleine Panda! Bald lernte er den bezaubernden Hof seiner Freunde kennen! Für den Panda der Höhepunkt der Reise.

Doch was erwartete ihn dort wohl? Sollte es auch seine Heimat werden oder entwickelte sich der Panda zum Weltreisenden?

Die Heimkehr

„Schön war die Reise! Wir müssen unbedingt bald wieder Urlaub machen", rief das Lama begeistert. Alpakalinle traute seinen Ohren nicht. „Wir haben Deutschland erobert und werden wie einst die Cäsaren im Triumphzug in unseren Hof einmarschieren! Das ist für meinen elanvollen, begeisterten Einsatz auch verdient! Welch einen Mut zeigte ich stets! Dafür werde ich jetzt ein großer Buchstar wie Du!" Zufrieden lächelte das Lama vor sich hin.

Melancholisch wisperte das Alpaka: „Ich kann mir nicht vorstellen, dass uns jemand glauben wird. Unsere Abenteuer hören sich einfach zu unglaublich an." Geknickt kehrten die beiden Welteroberer wieder in ihren Hof ein. „Daheim ist doch am schönsten", lauteten Alpakalinles letzte Worte, bevor ein unglaublicher Jubel auf dem Hof ausbrach! Begeistert feierten alle unsere beiden liebsten Tiere. Nach vielen Stunden Party erkundigte sich Alpakalinle bei Sir Ralphus: „Woher wusstet Ihr denn alles von unseren Abenteuern?" Sir Ralphus zeigte das neue Buch: „Zauberhafte Ferien mit Alpaka und Lama". „Wie konntest Du das alles wissen?", fragte das Alpaka erstaunt nach dem Lesen.

Ralphus Antwort kam unerwartet: „Weil Du Dein Handy aus Versehen angelassen hast, konnte ich gleich live alles mitschreiben. So entstand in Rekordzeit das neueste Buch über Eure Abenteuer. Das sollten wir Nächstesmal auch wieder so machen." Zum Einverständnis nickte das Alpaka mit dem Kopf. Was würden wohl die nächsten Abenteuer sein? Die geneigten Leser werden es gleich wissen!

Der kleine Held

Der Panda gehörte schon sehr bald zu den umschwärmtesten Sehenswürdigkeiten des Hofes, so dass alle anderen Tiere mehr Zeit für sich selber hatten. Kleine Picknicks im Wald mit Kleckselinchen, mit Sir Ralphus neue Bücher schreiben und vieles andere mehr.

Der Panda lernte sehr, sehr viele Besucher des Hofes kennen, die ihn nach allen Regeln der Kunst verwöhnten. Und da stets von weither immer neue Besucher herbeieilten, gab es ständig ganz neue Leckerlis, die der Panda noch gar nicht kannte.

Doch alle Leckerlis der Welt konnten ihn in seiner Freundschaft zu unseren beiden Helden nicht beirren. Er vergaß nie, wie sie ihn einst auf dem Gletscher retteten!

Die Gäste des Hofes genossen den Kontrast sehr, den kleinen Panda mit seinen großen Freunden zu sehen. Alle fragten sich, was die drei wohl zusammen besprachen. Doch das blieb vorerst ihr Geheimnis und wird erst in einem der nächsten Bücher enthüllt.

Die Seeschlange

Eines Tages spazierten die drei an einen nahe gelegenen See. Als Alpakalinle lachen musste, fragten die beiden anderen nach dem Grund. Woraufhin das Alpaka dem Panda die Geschichte mit den Fischern am See erzählte.

Der Panda bemerkte kühl: „Pah! Seemannsgarn, das glaube ich nicht! So schreckhaft sind Fischer nicht!"

„So", antwortete das Alpaka. „Das wirst Du gleich selber erleben!" Es schlich sich durch die Büsche an den See heran, tauchte eine kurze Strecke, bis es vor einem Angler wieder auftauchte.

Geschockt lief dieser schreiend davon: „Hilfe, eine haarige Seeschlange!"

Die Tiere kicherten noch, als vom Hof Menschen herbeieilten, um in den See zu starren. Nur Sir Ralphus betrachtete das nasse Alpaka ironisch, blinzelte verschwörerisch. Während die Gäste des Hofes noch im See stocherten, um die Seeschlange zu finden, aßen die „Seeschlangen Beschwörer" lachend Kleckselinchens leckere, vegane Kost! Was für ein schöner Tag!

Sorgen

Bei Sonnenuntergang liebte es Kleckselinchen mit dem Panda einen Abendspaziergang zu machen. Der Sonnenuntergang tauchte alles in leicht rötliches, geheimnisvolles Licht. Alle Dinge sahen dadurch ganz anders aus, als gewohnt.

Nach der halben Strecke wurde der Panda meistens so schläfrig, dass Kleckselinchen ihn tragen musste. Sie seufzte dabei sehr, denn der Panda sah erheblich leichter aus, als er tatsächlich war. Dennoch starteten die beiden bei jedem Wetter den Rundgang elanvoll. Jedes Mal hoffte Kleckselinchen: „Dieses Mal hält der Panda sicherlich durch, so flott wie er gestartet ist."

Doch die Hoffnung trog immer. Der Hofbesitzer sprach eines Tages besorgt: „Ihr solltet beim Dunkel werden nicht spazieren gehen. Es ist zu gefährlich."
Kleckselinchen erkundigte sich erstaunt: „Warum denn das? Hier auf dem Hof sind doch nur äußerst liebenswerte Menschen und Tiere. Was soll denn da gefährlich sein?"
Der Hofbesitzer erklärte voller Sorgen: „Verschiedene Besucher haben abends eine Hexe mit einem schwarzen Kater gesehen!"
„Eine Hexe? Uns ist nie eine Hexe aufgefallen! Noch nicht mal ein schwarzer Kater! Die Leute lesen offensichtlich zu viele Fantasy-Bücher von Ralf Neubohn!"

Und es gibt die Hexe doch!

Während Kleckselinchen mit dem Panda flott durchs Abendrot marschierte, wehte der Wind ihren losen Umhang weit auf und ihr Hut flatterte um ein Haar davon. Trotz des schönen Farbenspiels am Himmel schien stürmisches Wetter aufzukommen. Kleckselinchen schaute sich beim Laufen nach der Hexe um, der Panda schnupperte, ob er den schwarzen Kater roch. Langsam brach die Dunkelheit über die beiden herein. Falls die Hexe böse war, lauerte sie vielleicht in einem Versteck auf ahnungslose Spaziergänger! „Wir sind aber nicht ahnungslos!", murmelte Kleckselinchen. Der Panda machte ein zustimmendes Geräusch. Natürlich hatten die beiden keine Angst. Sie doch nicht! Aber etwas nervös wirkten sie doch.

Plötzlich riefen in einiger Entfernung die Gäste des Hofes: „Da ist die Hexe! Hilfe, die Hexe will uns holen!" Kleckselinchen und der Panda erstarrten, sahen sich um. Wo versteckten sich bloß die böse Hexe und ihr schwarzer Kater? Irgendwo in der Nähe mussten sie doch sein? Da schoss Kleckselinchen das Blut ins Gesicht! Die Menschen zeigten in die Richtung von Kleckselinchen und dem Panda! Durch den wehenden Umhang, den alten Hut, hielten die Besucher sie im Dunklen für eine Hexe mit schwarzem Kater. Schnell machten die beiden sich aus dem Staub. Kleckselinchen wollte aus vielen Gründen nicht für eine Hexe gehalten werden, den Panda beleidigte es zutiefst, für einen schwarzen Kater gehalten zu werden.

Sowas aber auch!

Schleckergöschchen

Eines Tages erkundigte sich Larrylinchen betont nebenbei: „Sag mal Alpakalinle, essen Bären gerne Honig?"

„Klar", kam es sofort zurück. „Warum?"

„Tja,", erklärte das Lama, „Neulich gab es im Hofcafé keinen Honigkuchen und keinen Bienenstich für Berta Babbelbergle mehr. Dafür ist jemand, den ich nicht nennen will, von echten Bienenstichen überhäuft. So überhäuft, wie die Bienenkörbe am Waldrand leer sind. Natürlich gibt es da gar keine Zusammenhänge. Alles reiner Zufall, oder?"

Alpakalinle nickte verstehend: „Ja, der Kleine ist süß. So süß wie Honig. Was für ein Schleckermäulchen! Wir sollten ihm das Plündern irgendwie verleiden. Aber wie?"

Doch nahm dies ihnen schon jemand anders ab. Am Waldrand lauerte Kleckselinchen als Riesenbiene verkleidet und Sir Ralphus als Räuber auf den schleckigen Panda. Als dieser sich vorsichtig anschlich, sprangen die beiden Gestalten aus dem Gebüsch! Kläglich piepsend floh das arme Dingelchen: „Die Bienenkönigin und ein wilder Räuber! Rettet mich!" Seit diesem Tag wich das liebe Fellknäuel nie wieder vom schmalen Pfad der Tugend ab.

Wilde Tiere

Kleckselinchen näherte sich mit einer Besucherin der Weide. Diese flüsterte sehr ängstlich: „Sind die Tiere auch nicht zu wild?"

Das junge Mädchen beruhigte sie: „Keine Angst! Larrylinchen und Alpakalinle sind wie alle ihre Artgenossen sehr ruhige Tiere. Die beiden gehen alles ganz besonders gemütlich an."

Die Besucherin atmete erleichtert auf. „Sicherlich mache ich mir zu viele Sorgen! Aber ich habe solche großen Tiere noch nie gesehen!"

An der Weide angekommen, blieb beiden vor Staunen der Mund offen. Auf der Weide rannten die zwei Tiere wie wild umher, sprangen wie übermütige Zicklein in die Luft und sprühten förmlich vor Energie.

Kleckselinchen hauchte völlig fassungslos: „Ich kann es nicht fassen! Was ist bloß passiert?"

Sir Ralphus kam hinzu, vor Schreck verlor er sein klapperndes Gebiss. Im sehr hohen Gras dauerte die Suche sehr lange. Dabei nuschelte auch er ungläubig vor sich hin: „Sowas habe ich noch nie erlebt! Es ist einfach nicht zu glauben!"

Die nette Hofbesitzerin stieß ebenfalls zu der kleinen Gruppe, starrte auf die beiden Tiere und rief: „Ich habe meinem Mann gleich gesagt, dass das neue Kraftfutter zu stark ist! Aber Männer hören ja nie auf uns Frauen!"

Einem unbestätigten Gerücht zu Folge aß Sir Ralphus später heimlich ebenfalls von dem neuen Kraftfutter und sprang danach wie ein junger Gott mit den Tieren über die Weide.

Striegeln

Außer unseren Helden lebten auf dem Hof noch viele andere Tiere. Aber Larrylinchen und Alpakalinle gehörten schon seit langer Zeit zu den Lieblingen aller Besucher. Dadurch kamen beide zu vielen langen Wanderungen in die bezaubernde Umgebung, sowie zu ausführlicher Pflege. Fast jeder Gast empfand viel Spaß beim Striegeln des Alpakas. Auf diese Art wurde Alpakalinle zum bestgestriegelten Alpaka der Welt.

Anfangs dachte sich Larrylinchen nichts dabei, sah das Ganze eher etwas belustigt. Doch irgendwann stutze es: „Das kann doch nicht möglich sein! Unfassbar!" Über was das Lama stutzte? Was gab Larrylinchen so zu denken?

Jeden Abend kam der Hofbesitzer und striegelte alle Tiere nochmals persönlich. Und sprach dabei sehr nett mit den Tieren. Stolz nahm er dann die Haare des Alpakas aus der Bürste: „Na, das war aber Zeit für Dich! Das hat sich echt gelohnt!"

Larrylinchen flüsterte höchst verwundert: „Wie ist das möglich? Jeden Tag wirst Du von Morgens bis Abends gebürstet und jedes Mal ist die Bürste voll! Wie kann das sein? Eigentlich müsstest Du inzwischen völlig kahl sein!"

Alpakalinle kicherte: „Die Leute freuen sich so, wenn sie beim Striegeln viele Haar entfernen. Damit jeder seinen Spaß hat, hole ich danach die Haare immer wieder aus dem Eimer und wälze sie mir wieder ins Fell. So hat dann der nächste Gast wieder sein Erfolgserlebnis beim Striegeln."

Fassungslos sagte Larrylinchen: „Na, sowas!"

Abschied für heute

Es gibt viele schöne Tierhöfe. Besuchen Sie doch einmal wieder einen. Viele liebe Tiere warten dort auf Sie! Dazu viel Abwechslung und frische Luft!

Und wer weiß? Vielleicht besuchen Sie zufällig den Hof, auf welchem unsere Freunde leben! Wenn dem so ist, so richten Sie diesen bitte liebe Grüße von mir aus. Danke!

Da ich selber auch oft vor Ort bin, treffen wir uns mit ein bisschen Glück dort alle. Die Tiere, die Leser und der Autor.

Bis Bald? Es wäre schön!

Hinweis für die Leser

Dieses Buch ist das zweite mit den gemeinsamen Abenteuern von Alpakalinle und Larrylinchen. Weiteres Bände sind in Vorbereitung.

Bevor sich die beiden kennenlernten, erlebte Alpakalinle schon sehr viele Abenteuer, die in bisher sechs Büchern erschienen. Ein neuer Band ist geplant.

Falls Sie einmal eines der bisher erschienen Bücher lesen oder verschenken möchten, so sind die Titel in der folgenden Übersicht aufgelistet.

Vielleicht spricht Sie ja einer davon an? Das würde Alpakalinle, Larrylinchen und mich sehr freuen.

Über den Autor Ralf Neubohn:

Ralf Neubohn hat bereits zahlreiche Bücher geschrieben bzw. herausgegeben und ist einem breiten Publikum durch regelmäßige Lesungen bekannt.

Er hat auch einen Literaturpreis gestiftet. Den „Neuen Literaturpreis Remstal".

Neubohn schreibt Krimis, Lyrik, heitere Romane und Kurzgeschichten.

Bücher von Ralf Neubohn:

Lama und Alpaka Reihe:

„Weihnachten mit Alpaka, Lama und der schussligen Hexe"

„Zauberhafte Ferien mit Alpaka und Lama"

Alpaka Reihe:

„Die Alpakas vom Nikolaus"

„Der Nikolaus und sein Alpaka auf Tournee"

„Applaus für Alpaka und Osterhase"

„Das Comeback des geheimnisvollen Alpakas"

„Premieren-Abend mit Alpaka und Phönix"

„Das magische Alpaka und der Drache"

Gedichte

„Hier und Jetzt"

„Frisch gewagt"

Gedichte und Kurzgeschichten

„Die zauberhaften Altbohns"

Bücher mit schwarzen Humor Gedichten

„Die Gartenschau-Morde"

„Tod auf dem Kaktus"

„Neues vom 1. April"

Kurzkrimis

„Mörderisch gut"

Gartenschau Trilogie

„Flammenfeder live von der Gartenschau"

„Gartenschau Phantasie"

„Herzlich willkommen Gartenschau"

„Galaabend für die Gartenschau"

„Abschiedsvorstellung für die Gartenschau"

„Die Gartenschau-Morde"

„Tod auf dem Kaktus"

„Neues vom 1. April"

„Gartenschau Magie"

„Die Gartenschau im Rampenlicht"

Heiteres aus dem Autorenleben

„Im Tal der Autoren"

„Alle Autoren an Bord"

„Terry ein Schotte in Schwaben"

„Die zauberhaften Altbohns"

Science Fiction/ Fantasy

„Sam Space"

„Premieren-Abend mit Alpaka und Phönix"

„Das magische Alpaka und der Drache"

„Weihnachten mit Alpaka, Lama und der schussligen Hexe"

Jahresfeste

„Weihnachten mit dem literarischen Kleeblatt"

„Auf der Suche nach dem verlorenen Osterei"

„Weihnachten und Silvester mit Flammenfeder"

„Vorhang auf für Nikolaus, Weihnachten und Ferien"

„Bühne frei für Fasching und Halloween"

„Die Alpakas vom Nikolaus"

„Die Bettsocken vom Weihnachtsmann"

„Silvester und Weihnachtsmarkt geben sich die Ehre"

„Der Nikolaus und sein Alpaka auf Tournee"

„Applaus für Alpaka und Osterhase"

„Das Comeback des geheimnisvollen Alpakas"

„Weihnachten mit Alpaka, Lama und der schussligen Hexe"

Nachwort

Liebe Leser,

Sie sind nun an das Ende meines kleinen Büchleins gekommen. Ich hoffe, Sie gut und abwechslungsreich unterhalten zu haben.

Falls Sie beim Lesen auf den Geschmack gekommen sind, so gibt es von mir viele weitere schöne Bücher zum selber Genießen oder als originelles Geschenk für andere. Etwa zu Ostern, Weihnachten und Geburtstagen.

Mit freundlichen Grüßen und hoffentlich bis bald!

Ihr Ralf Neubohn